세월을 지나며,
마음에 남은 것들

세월을 지나며, 마음에 남은 것들

펴 낸 날   2026년 4월 7일

지 은 이   여시아문
펴 낸 이   이기성
기획편집   이서은, 최인용, 권희연
표지디자인 이서은
책임마케팅 이수영, 김정훈
펴 낸 곳   도서출판 생각나눔
출판등록   제 2018-000288호
주   소   경기도 고양시 덕양구 청초로 66, 덕은리버워크 B동 1708호, 1709호
전   화   02-325-5100
팩   스   02-325-5101
홈페이지   www.생각나눔.kr
이 메 일   bookmain@think-book.com

- 책값은 표지 뒷면에 표기되어 있습니다.
  ISBN 979-11-7048-997-9 (03810)

세월을 지나며,
마음에 남은 것들

여시아문

생각나눔

아빠와 엄마에게 드리는 작은 선물 

아빠, 엄마.
두 분의 생신을 맞아, 작은 선물을 준비했습니다.

아빠가 오랫동안 휴대폰 '카○○○스토리'에 투박한 손끝으로 남겨 온 글들을 한데 모아.

지난 시간, 우리가 함께 겪어온 계절, 그리고 글 속에 담긴 아빠의 마음과 시선이 한 장 한 장에서 고스란히 느껴지기를 바라는 마음으로 조용히 한 권의 책으로 묶어보았습니다.

여섯 식구가 북적이던 우리 집,
아빠와 엄마, 그리고 1남 3녀의 우리들….
너무 일찍 하늘로 떠난 우리 막내 뚱구리를 떠올리면 지금도 마음 한편이 시려오지만, 그 또한 우리 가족이 함께 품고 살아가야 할 소중한 기억이라 여깁니다. 그 아픔 속에서도 서로를 다시 붙잡고 버틸 수 있었던 것은, 결국 우리 곁에 아빠와 엄마가 계셨기 때문이었겠지요.

어릴 적 아빠가 해주셨던 말이 있습니다.

"가지 많은 나무에 바람 잘 날 없다."라는 속담을 두고, 아빠는 이렇게 말씀하셨지요.

"가지가 많을수록 그 안의 기둥과 뿌리는 더 튼튼해지고, 흔들려도 중심을 잡아 버텨낸다."

그 말은 곧, 가족은 서로를 붙잡고 의지하며 살아가야 한다는 뜻이었음을 이제야 깊이 이해합니다. 그러면서도 문득 돌아봅니다. 우리가 과연 아빠와 엄마에게 그런 버팀목이 되어드렸는지….

시간은 흘렀고, 많은 것이 변했습니다.

어릴 적 호랑이 같던 아빠는 조금 작아지셨고, 문수산 날다람쥐 같던 모습도 세월 앞에서는 한 박자 느려졌습니다. 늘 강하기만 하셨던 두 분이 우리 몰래 한숨 쉬는 날도 있다는 것을 이제는 알게 되었습니다.

하지만 우리는 그 변화마저도 사랑으로 받아들이려 합니다.

같은 시간 속에서, 같은 속도로,

이제는 흰머리가 늘어가는 불혹의 중반을 넘긴 우리가, 두 분의 걸음에 맞춰 천천히 함께 걷겠습니다.

남들처럼 큰 효도를 하지는 못하더라도,

평탄하게, 조용히, 서로를 지키며 살아가겠습니다.

때로는 잔소리도 하고, 웃기도 하며, 그렇게 함께 늙어가겠습
니다.
그러니 걱정 말고, 우리와 함께 오래오래 건강하게 걸어주세요.
아빠, 엄마를 사랑하는 세 딸과,
늘 공기처럼 우리 곁에 머물러 있는 막내 뚱구리의 마음을,
이 책 맨 앞에 살포시 올려놓습니다.

 언제나 부모님의 딸과 아들로서

|차 례|

세월의 단상

그 무덥던 올여름도
이렇게 지나갈 즈음에
무엇인가 아쉬움이
느껴지는 것은
우리네 인생살이가
지나고 보면 아쉬움과 후회가 많이 남는 범부[1]들의(보통 사람들의) 세상살이 그대로인 것을
이 또한 어찌 할 수 없구나.
짜증스럽게 무더운 그 어느 한날 숨 막히고 힘들 때가 있었어도
잘 버티고 견뎌온 것은 자연의 순리를 받아들이는 원숙한 노년의 지혜가 있으면 이리라.

내가 오늘도 이렇게 하고 싶은 일 하면서
인생을 살아감을 음미할 수 있는 것은 소중한 가족과 진실한 친구가 곁에 있기 때문이니라.
여보시게 벗님들아!
나 그대들이 있어 즐겁고 행복 하노라!

---

1 범부(凡夫): 보통의 사람. '평범한 사내'와 '번뇌에 얽매여 생사를 초월하지 못하는 사람'을 뜻하는 불교 용어.

우리 이제부터라도 아쉬움이나 후회가 남지 않는
그런 삶을 살아가 보세.

세상 보이는 그대로
탐진치 삼독[1]을 버리고
나를 낮추면 모두가 편안하고 이루어지는 것을.

여름과 가을 사이 어느 날

2017. 9. 6. 오후 3시 22분

---

1 탐진치 삼독: 깨달음에 장애가 되는 탐욕·진에·우치를 독에 비유한 근본 번뇌.

칠십에 쓰는 인생 시

나뭇가지 넘나들던 원숭이의 잔재주가 끝나니
우리 안 수탉의 회 울음소리 요란하구나!

어제 서산 넘어간 저 해는 오늘 또 떠올랐고 내일 또 뜰 것이니
하여, 세월은 흘러가는구나!

내 아이 첫 학교 보낼 때
그 설레임이 그 아이의 아이가 그 나이가 된 지금은 기억도 희
미하구나.

마냥 청춘인 양 어리석어 무식한 내 자신이 내 인생을 모르는구나!

청운을 품었던가 꽃 같았던 젊은 시절 배고픔을 이기면서 살아
갈 길 찾았었고
불타던 청춘 아비가 되었고, 아저씨를 지나 어느덧 지금은 할아
비로 불리는구나.

아…. 아서라

멍에처럼 짊어지고 온 인생의 그 무거운 짐을 이제는 모두 내려
놓자.

무뎌져 가는 내 머리통 속
구린내 나는 오장육부의 망태기 안에
열정으로 덧칠된 욕심 욕망 탐욕의 모든 것들을 뒤집어 털어 버
리자.

아직 떠오르지 않은 내일의 찬란한 태양을 기다리지 말고,
지금 중천에 떠 있는 저 햇살을 즐기자~

오늘같이 추운 날이면 양지바른 곳에서, 무더운 여름엘랑 시원
한 그늘막 아래서
고추친구 자주 만나 티격태격 허허 낙담 막걸리 한 모금이면 족
하리.

2017. 9. 6. 오후 3시 25분

달랑 한 장

올해도 어김없이 달랑 한 장 남은 달력을 보면서

세월이 너무 빠르다… 엊그제 같은데….
아쉬워하면서 또 그저 그런대로 살아가는 우리네 인생살이 아니
던가?

시곗바늘은 빠르지도 늦지도 않게 순리대로 돌아가는데
우리가 어리석고 감각이 무디어
순리를 따라가지 못하면서 "세월아, 멈추어라." 허망한 노래를
하고,
"세월아 너만 가거라, 나는 안 가련다."라고 집착하는 인생살이
인 것 같기도 하여.

나는 지금 어디쯤 있는가?
인생 70!

뭐 이만큼 살았으면 됐지!
뭘 더 바라고…. 이젠 조용히 나를, 주변을 정리하면서 복잡하지
않고 가볍게 살아가는 지혜를 배우며 글 읽고 노래하며 마음의

즐거움을 느낄라고~

사람 나이 70살을 고희라고도 하던가?
고희는 귀하다. 흔치 않다. 희귀하다는 뜻도 되는데
인생 70 살기가 어려웠기에 붙여진 말이 아니겠는가.

뭐 지금 시대는 70은 노인도 아니고 인생은 70부터
70은 청춘 하면서 인간 100세를 노래하는 사람들을 보면서 과
연 축복인가 재앙인가를 생각해 본다.

뭐 내 육신이 축복 재앙인가는
나의 처신에 따른 가족이나 주변 사람들의 판단 이겠지만 그래
도 나는 깨끗하게 떠날 수 있는 지혜를 터득하려고~

다행히 나는 부모님으로부터 건강한 몸을 물려받아 어머님 잘
키워 주시는 덕택으로 세상 풍파에 어울려 살면서 좋은 인연 배
필 만나 딸 아들자식 낳고 마누라 보살핌으로
이 육신을 오늘까지 유지 하면서 좋은 친구 만나 희희낙락 즐길
수 있음에 감사드리고 고맙게 생각하고 그렇게 즐기며 살고….

내 자식 아끼는 마음 끝이 없지만 지금쯤의 내 자리에서는 그
저 건강하고 사회적으로 건전하게 열심히 살아가기를 바라고
내 마누라는 늙음병 외에는 잔병 없기를 바라고 나도 잔병 없
이 살다 훌쩍 떠날 수 있도록 수신하고.
그리고 오늘의 내가 있음에 감사하고 만족하며 또 오늘 저녁
따뜻한 국물에 반주 한잔 약속되어 있으니 나는 참 행복하고
축복받은 고희 70이구나!

2017. 12. 16. 오후 2시 49분
정유년 섣달 초하루 낮에

오늘의 잡념 1

사람 나이 70이 넘어가는 이 시점에서

과연 70은 노인인가?

노인이란 정의는 무엇인가?

(사전적인 의미 말고, 사회 현실적 측면에서 고민해 볼 때)

개인적인 빈곤, 거기에 따른 생활적 일자리, 대책 없는 노후생활,

빈약한 사회적인 복지수준…. 근원적인 사유가 필요한 것 같고,

그러면 개인적으로 노인의 자세와 가치는 어떤 것인가?

항상 몸과 마음을 정갈하게 하여 행동에 추함이 없어야 하고고

가정에서는 있어도 없는 듯, 없어도 있는듯한 묵직한 존재감을

유지해야 하고

주변으로는 지긋이 눈 감고 적당히 귀 막고, 묵직이 입 다물 줄

알아 신뢰를 얻어야 하고

사회적으로는 산전수전 농축된 삶의 지혜를 보여 어른 대접을

받을 수 있는 처신해야 할 것 같은 자세인 것 같고….

가치란

이쯤의 나이이면

가슴에 묻지 말고, 훌훌 덜어 버리는 열린 모습

머리로 기억하려고 하지 말고 마음을 비워 버리는 습관이 필요
한 것 같고

움켜쥐지 말고, 놓아 버릴 줄 아는 여유로움

대접받는 만큼 더 배려할 줄 아는 온화함

새로운 지식을 공부하기보다는 내 속에 녹아있는 삶의 슬기로
움을 보여주는 생활 행동

아는 것이 많은 것보다는 아직도 모르는 것이 더 많아야 하는
낮은 자세

새삼스러움을 거부하지 말고

또 다른 흥미를 느낄 줄 아는 생동감

유유자적 방일하는 물질적 풍요보다는 아직은 무엇인가 약간
의, 조금의 고민과 노력을 하는 역동적인 일상생활

약간의 불편과 부족함을 감내하며 살아가고

새로운 것에 도전하기보다는 할 수 있는 것에 더 큰 즐거움과
만족을 찾을 줄 아는 지혜….

이러한 것이 자세이고 가치이며 노인의 행복 찾기가 아니겠나.

2017. 12. 28. 오후 7시 8분
정유년 섣달 스무여드레

오늘의 잡념 2

우리가 살아가면서 모든 만남은 어떤 인연에 의해서 이루어질진대
그 만남은 서로를 인정하고 존중해 주는 인식에서 만남의 진행
에 따라 좋은 인연으로 진행될 수도 있고 그렇지 못하게 나빠지
는 인연이 될 수도 있는데
그 나쁨의 인연은 만남의 진행을 바로 멈추어야 하거늘
혹시나 원증회고[1] 이면 그것은 나의 업보이니라.
그러나 좋은 인연으로 만남이 진행되면
서로 신뢰가 쌓이고 존경심이 생기고 애정이 이루어지느니 그렇
게 되면 살아감이 즐거워지고 삶이 즐거우면 배려심이 생기고
배려와 배려가 습관화되면 생활에 걸림이 없어지니 나는 자유로
워지느니라.
이것이 바로 해탈 인고로~!

2017. 12. 31. 오후 9시 48분
정유년 섣달그믐날 밤에

---

1 원증회고[怨憎會苦]: 원한을 품어 미워하는 자와 만나는 괴로움으로서, 불교에서 말하는 八
 苦(팔고)의 하나.

오늘의 잡념 3

우리가 살아가면서

육신에 상처를 입으면 약품으로

치료를 할 수 있고 또한 세월이 지나가면 그 흔적도 지워질 수 있

지만

가슴속 깊이 박힌 마음의 상처는 현대 의약으로는 치료가 되지 않

고 그 흔적 또한

지워지지 않음에 오랫동안 괴로움으로 고통스러워하느니라.

그리하여 치료가 아닌 치유라는 수단으로 조금 독특하고 전문

적으로 편안함을 받아들일 수 있게 힐링이라는 주변 분위기를

만들고 접근하고 시도해 보지만

그 상처의 본질적인 핵심까지는 낳게 해주지 못하기에 좀 더 보

편적이고 더 전문적인 방법을 이야기해 본다.

어느 종교에서는 번뇌즉보리(煩惱卽菩提)

괴로움이 곧 깨달음이다.

옛 선지식들께서는

스승님 번뇌의 불길이 용광로처럼 활활 타오릅니다.

그 불길 속으로 뛰어 들어가거라

마음 상처의 아픔 즉 괴로움은 털어내려고 해도 떨쳐 버리려고 해도 떨어지지 않기에 그냥 받아들이고 괴로움과 일체가 되어 뒤엉켜 그냥 살아가는 것이 가장 보편적이고 좀 더 전문적인 치유 방법이 아닌가를 생각해 본다.

여기서 '일체'가 핵심 요소로 작용하는데 괴로움 즉 상처의 주체와 객체가 구별이 없어야 한다는 결론으로 말하고 싶다.

대상 간에 즉 아픈 나와 아프게 한 너 간에 치열한 논쟁을 통한 상대방의 진실 이해와 각 가신의 허상과 아집을 알아내어 서로 교감하여 집념의 용광로에 넣어버려 그 불탄 잿가루와 연기까지 바람에 훨훨 날려 버리는 것이 ^일체^의 행위이며 마음 병을 치유하는 보편적이고 전문적인 약이 아닌가 말하고 싶다.

그리고 또 하나의 치유 약은

진실한 마음으로 나를 성찰 하여 추호도 나의 이 아픔이 나로 인하여 나에게 돌아온 관계 인연이 아님을 곽철, 확철[1] 할 때는 이 아픔은 나의 아픔이 아니고 너 즉 나를 아프게 한 너의 아픔이라고 일깨워 주고

---

1 확철: 확철대오(廓徹大悟)'의 줄임말. 철저하고 크게 깨달았다,'라는 의미의 불교 용어.

그리고 자유로워라!

이러한 치유 행위를 사람, 즉 인간이 실행하기에 가장 쉽게 할 수 있고 가장 어렵게 못 할 수가 있구나!

2018. 1. 1. 오후 10시 48분
무술년 정월 초하루

오늘의 잡념 4

오늘날 내가 인간 칠십을 넘기면서도 아무 탈 없이 어울려 살아
갈 수 있음은

나를 건강하게 낳아 잘 키워주신
부모님의 덕분이요
이 육신 굳건하게 유지할 수 있게
잘 지켜주고 보살펴준 가족의 사랑이니
감사드리고 고맙게 생각하며
오늘의 내가 있음에 행복하여라!

나 또한 오늘날까지 소주 한 모금 하자는 벗이 여럿 있으니
내 인생 그런대로 살았구나!

이 좋은 세상에 희로애락 뒤엉켜 바쁘게 살다 보니 어느덧 내가
여기까지 왔구나!

누군가 말했나

‘인생은 일장춘몽’이요
‘인생살이는 여행’이라고
하여
이쯤에서 잠깐 멈추고 나를 찾아보니
저만치 어렴풋하게 내 인생 여행의 끝자락이 보이는 것 같기도
하여.

이젠 쉬엄쉬엄 그러나 주저앉지는 않게 그렇게 살아 갈려고.

보이는 그대로
들리는 그대로
내 주관 인입 없이 단순하게
내 손에 움켜쥠 없이 스쳐 버리듯
가볍게 살아가는 지혜를 찾고
몸과 마음을 항상 정갈하게
수신하며 훌훌 모두 털어 버리고
저만치 남은 여행을 마치고 싶어라!

다시 태어나기 어려운 이 세상에
다행히 남자로 태어났음은
무량한 복덕을 받았음이요.

그 복덕을 받았음에도
아무것도 이루지 못하고
칠십 연륜을 지나치게 되니.

청산과 녹수를 대하기가
민망스럽구나.

2018. 1. 7. 오후 8시 58분

선암 호수공원 연꽃지
분수 무지개 &

오늘의 잡념 5

이렇게 추위가 맹위를 떨치는 것 보니까
이해 겨울도 얼마 남지 않았고
곧 봄이 올 것이라는 알림이 아닌가 싶다.

무릇 일체 현상계는 그 멸(滅) 직전에 자기의 존재 가치를 최대
로 발휘하며 알리고
인식시키는 이치이니 자연의 순리 또한 같은 원리 작용이 아닌
가 싶다.
하여
우리 인간도 이쯤의 나이에서 서서히 그런 순리를 자연스럽게
받아들일 수 있는 모습은 발휘하고 알리고 인식시키는 동적 작
용이 아니고,
끊임없는 자기 성찰을 하면서
나를 놓아 버리고 낮추고 보이는 그대로 들리는 그대로 무상무
념 여여하게[1] 살 수 있는 지혜까지도 놓아 버려야 하거늘~!

2018. 1. 25. 오후 4시 4분

---

1 여여: '여여하다'는 '여여(如如)'에서 유래한 말로, 불교적 의미로 존재의 본질 그대로, 즉 변
함없이 한결같은 마음 상태를 뜻함.

오늘의 잡념 6

계속되는 매서운 추위에 웅크리고 있다 보니까 벌써 멍멍이도
한 장이 넘어가는구려!

흔히들 말하더라!
–세월이 가는 것이 아니고 우리가 가고 있다고–

그래 그럴 것 같기도 하고
어디로 가고 있는지도 모르고 여기까지 왔구나!
그러나 지금쯤은 내가 가고 있는 길이 훤히 보인다.

달마는 동쪽으로 갔지만 나는 서쪽으로 가고 있다.
서쪽으로 서쪽으로… 저 멀리 어렴풋이 끝자락이 보일 것 같기
도 하고

이번 겨울이 더 많이 추운 것 같기도 하네!
내년에도 또 춥겠지.
그리고 또 그다음 다음 겨울도 더, 더욱 춥겠지

서쪽으로 가는 만큼….

하여

오늘 찬 바람을 뚫고 내리비춰주는 저 햇살이 너무나 찬란하고
따뜻하고 포근하구나!

추울수록 더욱 따뜻하게 비춰주는 저 햇살을 감사하게 한없이
편안하게 받아들여야지.

더 서쪽으로 가기 전에…!

2018. 1. 31. 오후 3시 42분

오늘의 잡념 7

오늘은 4월 1일!

특별히 말을 안 하기로 했다.

그러나 수백 천 마디의 말들이 토해져 나와 저 허공으로 메아리

쳐 나갔다.

내 심장은 터질 것 같고

봄바람에 벚꽃잎이 흩날려 떨어지듯

나도 떨어지고 있다.

오늘은 말을 안 한다.

벅차오르는 심장의 진동을

막걸리 한 잔으로 식히면서.

2018. 4. 1. 오후 8시 10분

무제 1

삼라만상이 생동하는 이 찬란한 계절 5월에
어버이날이 있습니다.
원래는 '어머니 날'이었지요.

어머니~!
한없이 보고 싶은 어머니
고생 또 고생하셨던 우리 엄마
초근목피…. 오뉴월 보릿고개 넘기 실제 자식들 입에는 넣어 주
시고
정작 당신께선 바가지 찬물로 주린 배 채우시던 불쌍하신 어머니.

못난 이 자식이 나이에 새삼스레 인생의 회한이 몰려옵니다.
엄마!
이놈도 곧 엄마 곁으로 갈 것입니다
생전에 못 해드린, 맛있는 것 많이 싸 드리고 꽃도 가슴에 아주
많이 달아 드리겠습니다.
어머니~!
우리 엄마~

2018. 5. 8. 오전 10시 59분

가을비의 초상

오랜만에 내리는 촉촉한 가을비에
벌써 내 육신이 차가워지는구나!

어제 소주 한 잔 같이 마신 친구도,
달포 전 세상을 논했던 벗도,
작년 이맘때 여행 함께한 도반의 얼굴들이 모두가.

내 찻잔 안에 와 있구나!

2018. 11. 8. 오후 3시 53분

~텃밭 ^탑을농장^
은행나무~
은행나무 잎 떨어진 풀밭길을
차마 밟을수가 없구나 ~~

만추의 상념

노년의 길목에 서서

눈부시게 찬란한 늦가을의

지는 해를 바라보면서

내 그리움 문득

그대에게 머물러

안부를 전하노니.

잘 있으니 잘 있겠지!

세월이 갔는지

우리가 가는지

멈춤이 없는 길은 분명 하구나!

소주잔 앞에 놓고

호연지기 토하면서

세상을 논했던 그 시절

웃음도 나고
아쉬움도 남지만
모두가 찰나였어라.

그 푸르던 숲
곱게 물들었던가?
붉디붉은 저 잎새들
휘익~ 한 번의 찬 바람에
모두가 낙엽 되어
훨훨 인연 따라 흩어진 자리에
무슨 원이 그렇게 남았는가.
한사코 달라붙어 몸부림치는
저 마지막 남은 가랑잎 하나가 무척이나 애처롭구나
아~! 그래.
흩어짐은 인생이요, 몸부림은 인간 이여라~!

2018. 11. 10. 오후 4시 43분

세이야~

아~!
그렇게 우리 세이는 떠나갔습니다.
싸늘한 바람이 밀려드는 늦가을… 어느 날 한밤중 한 시경에
착하고 예쁜 우리 세이는 아미타 부처님 계신 곳으로 조용히 날
아갔습니다.

우리와 인연이 되어 함께한 열여섯 해 생일이 얼마 남지 않았는데
몹쓸 병에 시달리며 독한 약에도 잘 견뎌 왔는데
아픔에 정신 잃어 똥오줌 범벅 되어도 한순간도 밉지 않았는데
매일 아침저녁 약 먹이고 밥 주고 물 갈아주고 똥 치우고 오줌 판
바꿔주고 하여도 조금도 싫지 않았는데
그렇게 우리와 함께 살아온 날들이 너무나 좋았고 좋았는데… 세
이야.

세이야
함께 해 줘서 무척 고맙다. 너무나 착했구나~

세이야

아프다는 핑계로 집 안에서만 가둬놔서 미안하구나!

이제는 아픔이 없는 부처님 세상에서 아프지 말고, 가고 싶은
대로 마음껏 뛰어놀아라
너무나 안타깝고 미안하구나!

세이야

전생에 무슨 업보 짊어지고 축생의 몸으로 우리에게 왔나?
우리와 함께 착하게 살았으니 다음 생에는 인간의 몸으로 태어
나서 세세생생[1] 선업[2] 쌓아 천상의 복을 받아라.

부디 사람으로 태어나 우리 다시 만나자!
아미타 부처님께 기도드릴게.

---

1   세세생생(世世生生): 몇 번이든지 다시 환생하는 일, 또는 그런 때.
2   선업: 선한 일.

세이야 우리 세이야!

아주 많이 많이 보고 싶겠구나!

오래 오랫동안~

2018. 11. 21. 오후 12시 54분
착하고 예쁜 우리 세이 떠나간 날

한 해의 끝자락에서

노년이라는 이름표를 달고
굴곡지게 살아온 흔적의 어느 언덕에 멈추어
서산마루
한 뼘쯤 남아 있는 저 해를 바라보노니.

가슴 멍울 지게 밀려오는 그리움은
찰나 찰나요.
애 닳은 아쉬움은 집착이고
수많은 미련은 탐욕이며
한 맺힌 후회는 쌓이는 업보이구나.

장엄하게 마지막 열정을 토해내는
저 노을 속으로
빨려들 것 같은 황홀함이여.

노년의 남은 삶도 저 노을이고 파라.

차디찬 계절의 칼바람이

주름 잡히는 노년의 이마를

입맞춤으로 스쳐 지날 때

아~

공!

이란다~

2018. 12. 26. 오전 10시 27분

무제 2

사람으로 태어나기 어렵다는 이 세상에,
다행히 남자로 태어났음은
무량한 복을 얻었음이요.

이 풍진 세상천지 팔방 날뛰면서
두 눈 뜨고도 바로 보지 못하고,
뚫린 귀로 흘려버리니
아무것도 이루어 놓은 것 없이
벌써 칠십 연륜을 지나쳤으니
한바탕 허깨비춤이었구나.

새소리, 바람 소리, 흐르는 물소리
모두가 나를 비웃는 소리로구나.

아…
청산과 녹수를 대하기가 민망스러워라~

2019. 1. 4. 오후 3시 53분

무제 3

오늘은 4월 1일

내 생애 최고의 설래임과 축복의

마흔 해 전 그날 인대

지금은 말문은 막혀버리고

심장은 벅차올라 곧 멈출 것 같아

빈 허공을 향하여

용암처럼 솟아오르는 토의 메아리만 날려 보내누나~

2019. 4. 1. 오전 9시 22분

5월에~

가정의 달!

사랑의 달!

감사의 달!

축복의 달!

계절의 여왕 5월에 노년의 상념이

심장 어느 한 곳이 뻥 뚫린 공허함과

또 다른 용 솟아오르듯 벅차오름은

아직도 덜 정리된 마음의 산란함 때문일진대

하여~

더욱 치열하게 마음공부 해야겠구나!

딴은 나름대로 마음을 다잡고

주변을 정리하면서 오늘을 살아 있음에 만족을 느끼며

더 바램 없이 다툼도 없이 가볍게 단순하게

자연의 생멸 원칙을 즐기면서

눈으로 보지 않고,

귀로 듣지 않고,

입으로 말하지 않고,

오직 마음~

뜨거운 심장으로 살면서

내가 마음으로 빚진 여러분께

용서를 바라고 감사드리며 참회하면서 오늘을 살고 있다고 생각
하고 있는데~ 새삼 공허함과 무언가 벅차오름은 나를 더 깨우
치게 하는 채찍질이구나!

우리 인간은 그리고 나는 엄마에게 많은 고통과 아픔을 주면서
태어나서 자라고 살아오면서도 한없는 무거운 짐을 안겨 떠넘기
면서 여기까지 와서도 막상 내 인생의 마지막을 누군가에게~
자식이든 주변 누군가에게 짐을 지우고 떠넘기며 피해를 줘야
하는 숙명이 참 고통스럽구나!
떠넘길 그 짐을 가볍고 적게 할 수 있는 노년의 지혜는 무엇일까?
많은 성찰을 해봐야겠구나~!

만물이 생동하는 찬란한 5월인데
왜~
저 휑한 벌판에서 아무도 필요치 않아 한겨울 북풍 찬바람 혼
자 맞으며 떨고 있는 고목처럼 서글픔 이여라!
인생은 그렇게 끝나는 것인데~!

2019. 5. 8. 오후 3시 3분

내가 인생을 그런대로 잘 살고 있는지를,

맨발로 뛰어나와 내 손에 쥐여주는 친구가 있으니.

그래!
친구의 깊은 숨소리를 기억하고,
가끔 너의 향을 음미해 보면서 살아온 대로 살아가련다!

2019. 6. 10. 오후 10시 16분

오늘 아침도 역시 차갑구나!
내일은 더 차가울 것이고,
그다음, 또 그다음 날은 좀 더~ 차갑것지.

종이컵의 따스함을 손으로 감싸쥐고,
서서히 식어가는 커피 향에
짧은 편안함을 안는다.

2019. 11. 15. 오후 1시 18분

등에 짊어진 짐도,

가슴으로 안은 사람도,

모두 내려놓고 세월 따라 걸어갑니다.

2019. 12. 31. 오후 1시 26분

지혜의 향기

물이 흐르면 자연히 도랑이 생기고

조건이 갖추어지면 일은 자연히 성사됩니다.

시기가 무르익고 조건이 갖추어지면

굳이 애쓰지 않아도 절로 이루어집니다.

때가 아닌데 억지로 하려 든다면

이룰 수도 없고

인생이 덩달아 피곤해집니다.

자기를 아는 사람은 남을 원망하지 않고

천명을 아는 사람은 하늘을 원망하지 않습니다.

복은 자기에게서 싹트고

화는 자기로부터 나오는 것입니다.

세상을 보고 싶은 대로 보는 사람은

세상이 보이는 대로 보는 사람을 절대 이길 수 없습니다.

지는 꽃은 또 피지만

꺾인 꽃은 다시 피지 못합니다.

병 없는 것이 제일가는 이익이요

만족할 줄 아는 것이 제일가는 부자이며

고요함에 머무는 것이 제일가는 즐거움이니라.

2020. 2. 5. 오후 2시 13분

삶의 깊이

흔들리며 자란 나무는 결코 넘어지지 않는다.

자양분이 많은 흙에서 자라는 나무는 뿌리를 깊이 내리지 않아도
얕은 잔뿌리만으로도 영양분을 빨아들이며 잘 자랄 수 있지만,
약간의 센 바람에도 뿌리째 뽑혀 쓰러지는 경우가 많다.
그러나
척박한 땅 외풍이 심한 곳에서 자라는 나무는 자기가 커 갈 수
있는 영양분을 찾기 위하여
그 뿌리를 더 멀리 깊게 뻗어 내리기 때문에 웬만한 세찬 바람
에도 비록 심하게 흔들릴지언정 결코 넘어지지는 않는다.

하여!
내가 살아온 뿌리도 많이 흔들리면서 깊게 뻗었는가 보다
누구나 살아오면서 어렵고 힘들 때가 없었을까마는
나 또한 어렵고 힘들어 정말 고통스러웠던 절망의 순간도 있었
지만, 절대 좌절하지 않았기에 그 순간도 태풍 지나듯 지나가고
어울린 세상사에서 다행스러움도 많았고 즐거움도 희망도 그리
고 희희낙락~
참 좋았던 날들도 많았구나!

지금쯤의 연륜에서는

짊어진 짐일랑 벗어놓고

가슴속 사랑은 더 깊이 새겨넣고

내 몸도 마음도 주변 정리를 하면서

텅 빈 저 허공에 가슴을 열어젖히고 한 발 뒤에 물러나서 가벼
운 마음으로,

그러나 묵직하게 살면서 눈 부신 태양을 맞이하는 아침이슬 이
고파라.

―아버님 제삿(祭祀)날에―

2020. 2. 11. 오후 3시 54분

늦겨울 봄비는 하염없고,
세상은 온통 바이러스 천지인데

어리석은 이 종족들은
냄비 속 개구리처럼 한 치 앞도 못 보는구나!

2020. 2. 25. 오후 9시 36분

올해도…

오늘은 4월 1일

비는 내리고 있고,

세상은 바이러스로 어수선한데

벌써 내 새끼들이 불혹(不惑)을 넘겼구나!

2020. 4. 1. 오전 10시 41분

현실 사회 은퇴

세상을 보이는 그대로 보는 것이 참모습 진리이고

생각대로 보는 것은 허상(虛像)인 집착인데

이 나라

온 전체가 빨갛게 물들고 미친 똥깨 판 세상이 되어버린

이 꼬락서니를 어떻게 봐야 할고…

울화통이 터지고

속병이 도질 것 같은~

영혼 없는 개돼지들의 똑똑한 판단인지

정신 줄 꼭 잡고 있는 내가 바보천치 어리석은 생각인지

에라이~

될 대로 돌아가는 세상

차라리 눈 딱 감고 귀 틀어막고

얼마 남지 않은 여행길 그렇게 갈련다.

2020. 4. 17. 오후 12시 37분

모르고 살자

이제 얼마 남은 우리네 인생
세상만사 모두 훤히 알고 잘난 채 살아가려면 피곤하다.
가끔 울화통도 나고 어쩌다가 속병도 나겠지~

대충 알아차림과 알음알이로
살아가는 것이 마음 편하다
모르고 살면 더 편하고
아무것도 모르고 살면
성자(聖者)다.

마음이 편하면
번뇌 망상이 일어나지 않고 진실에 더 가까이 살 수 있다.

다양한 이 현실 사회에서
모든
보이는 것 들리는 것 다 알고 살면 아는 만큼의 갈애(渴愛)가 일
어난다.

다양한 지식과 나름의 판단으로 살아가면
어느 정도의 편리함과 풍족함이야 있겠지만
따라서
거기에 집착하고 탐하려는 욕망이 생기고
온갖 번뇌 망상이 일어난다.

그러나
모르고 살면 모르는 만큼 마음이 편하다
때로는 모르는 만큼 우둔하고 무식할지라도
그 우둔과 무식을 벗어나면
한없는 마음의 편안함을 가진다.

편안함 그 자체를 모르기에
갈애도 모르고 욕망도 번뇌 망상도 모른다
아무것도 모르는 그 자체도 모른다.

바로 해탈이다.

2020. 4. 23. 오후 3시 30분

온 세상을 품어 다 껴안는
어머니의 위대한 힘은 희생에서 나오고,

천지를 떠받치는 아부지의 힘은
말 없이 견디는 침묵에서 나온다.

2020. 5. 8. 오후 12시 36분

봄비 내리는 5월

오늘 토요일 가슴에 안고 있는 친구가 더욱더 보고 싶구나!

굵게 패어가는 얼굴 마주 보며 싱긋!

술잔 한번 부딪히고 싶어지는 비 오는 날 토요일 오후!

2020. 5. 9. 오후 12시 22분

코로나 세상

살아 있다.
조용히.

먼 길이라도 떠나가 보고 싶지만,
한사코 앞을 막는구나
세상의 벽에 갇혀 육신은 안타까운 숨만 쉬고 있고,
영혼만이 멀어져 가고 있구나!

2021. 1. 14. 오후 12시 14분

4월 1일의 기도

올해도 어김없이 만개한 벚꽃잎은

갈팡질팡

휘몰아 불어대는 바람에

속절없이 길바닥으로 흩날리는구나!

제발,

내 새끼들은

솔바람 맞이하듯 편안해야 할 텐데.

2021. 4. 1. 오후 8시 04분

12월의 달력

올해도 어김없이 달랑 한 장만 남는구나!

불안과 어수선한 사회 질서에

지혜롭게 잘 지나온 나날들

곱던 나뭇잎 다 떨어지고

얼굴 시리게 불어오는

찬 바람에

몸 따습게 잘 감싸고

마음도 포근히 녹여

다정한 벗들과 함께하고픈

달랑 한 장 남은 날들에~!

2021. 12. 1. 오전 11시 55분

무제 4

또다시
하늘이 열렸다.
정월 초하루~
새해라는 것이다.

천지창조라도 되는 마냥
어제까지의 얽힌 사연들
아쉬움 한 마디로
찰나에
허공으로 날려 버리고
또 다른
보이지 않는 그것들을
모두 얻을 것 같은
몽롱한 기대감, 희망이라는 것이다.

꿈꾸듯
희망의 아지랑이 춤에 뒤섞여
세월에 속고 춤에 홀리면서
살아온

칠십여 년의 성상.

이제는
얻을 것도 속을 일도
모두가 부질없는 메아리로 들리는구나.

그렇다~

아쉬움일랑 잊어 버리고
움켜잡은 손바닥 활짝 펴고
내 몸단장 정갈하게 하고
가볍게 홀로 가는 길.

날마다 그믐이고
아침마다 정월 초하루 이여라.

2022. 1. 1. 오후 5시 56분

무제 5

牛兄!
잘 가셨소?
지금 세상은 온통 호형(虎兄)으로 호들갑이요.
그것도 흑호(黑虎)라고 온통 복을 물고 와서 공짜로 준다네요.
나는 백호(白虎)가 으뜸인 줄 알고 있기에 공짜 복도 못 받게 생
겼소이다.
흐허~

아마, 잠깐일 거요.
양철 냄비가 뜨거웠다~ 식었다~ 하듯
세상 사람들이 하 간사하고 방정 떨기도 하여
금방
또 다른 무엇에 홀려 발광할 거요.
그렇게 하여 실망하고 허탈하며 또 지나갈 것이요.

牛兄,
이왕 가셨으니 한 십여 년
편히 쉬었다가 다시 오시구려.

열두 해 후
그때 우리 다시 만날 수 있을는지는 모르겠으나~

아마 만날 수 있으면
그때는 축복이 될는지 천덕꾸러기 신세인지는 나는 모르겠소.

그래서 나는 지금부터
우리 다시 만날 준비, 만날 수 없을 정리
모두를 차분히 하면서 기대할게요.

牛兄,
훗날 다시 오시면
묵묵히 황소 같이 일만 하시고 또 돌아가시오.

세상만사 다 그렇고 그렇다오~!

2022. 1. 4. 오후 3시 55분

무제 6

그렇게 시작하여
벌써
이렇게 한 달이 지나가고
또 다른 새해까지 지나갔으니.

시공은 머무름 없이
순간순간 지나가고
찰나 찰나 사라지는
이 현실이
우주의 순리이며 법칙이고
만유의 현실인 것을.

지금은 춥다
그러나 이 추위 또한 봄을 약속하는 것이니
그렇게 알고
싫어함도 좋아할 것 없이
거기에 맞추어 살다 보면
이 또한 지나갈 것인 것을.

2022. 2. 3. 오후 12시 56분

홍매화

무엇이 그렇게도 급하든가~
아직은 찬 바람인데.

그 모진 한 겨울에
눈 얼음 속에서
잘 견뎌 왔으면
그냥 느긋하게
춘삼월쯤에나 훈풍 타고 필 것이지.

아직은
얼굴 시린 찬 바람인데.

새붉은 너의 모습이
반갑기는 하지만
속절없이 스치는 칼바람에
파르르 떨리는 너의 속살이
애처롭고 애처롭구나.

2022. 2. 21. 오후 12시 10분

눈물비

하늘은 맑고
햇살은 따스하여
천지 만물이 새롭게 솟아나는
사월 어느 날.

이생에서 인연을 다 하여
이별해야 하는 이 순간에
홀연히 잿빛 구름 한 움큼 모여들어
따스한 햇살 타고 빗물 되어 내리는구나.

그래!
어찌 너인들
안타깝고 애달프지 않겠느냐!
이렇게 짧은 인연 될 줄을
너가 알았겠느냐?
내가 알았을쏘냐!

아이고 내 새끼야!
사랑하는 내 아들아!

허무하고 허무하구나.
너무나 허무하구나.
너를 지키지 못한 이 아비 가슴이 미어진다.

천상으로 떠나가는 너의 영혼이 흘리는 눈물이
비가 되어 이 아비의 얼굴을 적시는구나!
닭똥 같은 눈물비 되어
너를 영결하는 여기 모인 모두를 가슴 젖게 하는구나.

하늘은 맑고 햇살도 눈 부신 오늘 이 시간에 비가 내림은
정녕
너의 눈물이구나.
애통하게 떠나가는 영혼의 눈물이구나

아~
안타깝고 애달프고 허무하구나
내 새끼야! 내 아들아!

네가 가는 마지막 길에

흐드러지게 피어있는 벚꽃이 눈부시게 하얗고 아름답구나.

아이고!
애달프다, 내 아들아!
한없이 보고 싶고 그리웁구나!
내 새끼야!

훨훨
훠어이 훠어이
부디
편안하여라.

2022. 4. 11. 오후 4시 28분
자식을 지키지 못한 아비

허 무

누구나 부르는 유행가의 허무한 마음을 몰랐다.
저잣거리 넋두리하는 세상살이 허무하다.
그 푸념을 몰랐다.

청천 벼락에
하늘이 무너지고
억장이 내려앉아
하얗게 혼미해진 정신으로
솟아날 구멍을 찾으려고 허우적거리다가
겨우겨우 눈을 떠 보니
보이는 것은 허무뿐이구나

이제야 보았다,
허무의 실체를.
비로소 알았다,
허무의 진실을.
양팔 벌려 껴안으려고
몸부림쳤다.

우주 창공 아스라이 훨훨
날갯짓 날아가는
허무를 보았다. 허무를 알았다.
텅 빈 가슴은 허무로 채워졌다.

나는 보았다, 허무를,
나는 알았다, 허무를,
온몸으로 안았다. 그 허무를.

인생살이 허무하구나,
세상만사 천지 만물이
허무로구나!
허무하구나!
아~!

2022. 4. 14. 오후 4시 56분

무제 7

허전한 뱃속
텅 빈 밥통 채우려고 해도
입안에서만 우물거려지고
천근만근 무거워진 몸뚱어리
방향 없이 허우적거리다가
저녁에서야 서너 잔의 소주 기운 받아 잠들다가 깨어나면 그놈
생각…
눈앞에는 허깨비만 스쳐 가고
온몸은 땀으로 젖어 든다.

이렇게 또 하루가 시작되면
허망하고 허탈하여
하늘에 울부짖어 토해보고
바닥에 주저앉아
부르고 부르고 또 불러본다.
기가 차고 숨통이 막힐 것 같아 또 서너 잔의 기운을 받아야
나는 살아있고~

눈은 뜨고 있으나 보이는 것은 없고
몸은 생각 없이 움직여지니
이것이 나의 업이고 그놈의 운명이구나.

업과 운명의 만남은
그 인연이 다하여 이렇게 끝났구나.

허 허 허 허
헛웃음만이 위로되는구나~!

2022. 4. 19. 오후 3시 12분

눈으로 지우고 가슴에는 더 새기고

아들아!
오늘, 나는 너를 지웠다.

너의 폰은 나미 누나가 한동안 보관했다가 말소 처리했는데
내 휴대전화 주소록에 네가 있더라.

순간,
머리가 멍해지고 눈앞이 캄캄하고 가슴이 북받쳐 숨이 막혔다.
한참 동안 망설이다 떨리는 손으로 너를 지우고 한없이 울었구나.
엄마 눈치 못 채게 억누르며 울려니까 더 숨이 막히고 가슴이
터질 것 같은데
차라리 목 놓아 대성통곡을 하면 속이나 좀 후련할까~

아무리 울어도 너를 다시는 볼 수 없고,
안타까워 울면 울수록 내 머릿속은 너의 모습으로 꽉 차고,
너무나 보고 싶고, 한없이 그립구나! 내 아들아~

너를 눈에서 지운다고 잊혀지나. 가슴 속에는 더 깊게 와 박히
는데~

너를 안타깝게 그리워하는 내 심정을 어느 누구에게도 말할 수 없어 날마다 하늘 올려보고 너를 불러볼 때는 더 허탈해지고 억장이 무너진다.
하늘이 맑으면 내 가슴은 더 쓰리고, 흐린 하늘은 내 마음이 더 무거워진다.

이렇게 너를 가슴에 안고 내 죽을 때까지 가는 게 너와 나의 업보이고 숙명이구나~!

네가 떠나갈 때는 천지 만물이 생동하고 벚꽃이 하얗게 흩날렸는데, 지금은 벌써 서늘한 기운이 감도는 가을의 중심으로 들어서고 있다.

어쨌든 현실은
너는 갔고, 세월은 쉼 없이 돌아가고
나도 세월 따라 너를 찾아가고 있구나~

아들아!
불러보고 또 불러본다!

순규야! 내 아들아~!
너를 부를수록 너무나 더 보고 싶고 숨이 막힌다.

아들아, 순규야!
부디 편안 하거라~
편안해라.

이 아버지 아무 할 말이 없다.
지금 너무 피곤 하여 좀 쉬련다.

2022. 9. 22. 오후 9시 44분
– 아부지 여시아문 –

구름 한 점 없는 깨끗한 하늘이 좋은 시기에,

귀뚜라미 울음소리 맑게 들으며

코스모스 그 순정 가슴에 품고 비우고 낮추면서

구름처럼 유유자적하고 싶지만

멍울진 가슴은 더 아려오는구나!

2022. 9. 24. 오후 12시 25분

셋째 생일날에

오늘도 역시 하늘은 흐리구나

쌀쌀함은 그해(歲)보다 덜 한 것 같은데

그동안 살아온 세월은 바쁜 기억만 남았고

울음보 많았던 그 아이는

벌써 불혹(不惑)의 나이를 지나고 있구나.

그동안의 잊힌 세월 속에 순간순간의 기억들은 남았는데

자식을 가슴에 묻은 이 아비는 할 말이 없고 모두가 허무하구나.

부디 제 자식 잘 키우고

어려움 없이 무난하게 잘 살아가기만 바랄 뿐이다.

부디 가족 모두가 무탈하게~

2022. 11. 22. 오후 12시 8분

초겨울비 내리는 날

비가 내린다. 새벽부터~
무척이나 오랜만에
겨울을 재촉하는 비가 오는구나!

언제나처럼
이른 아침 일터에서
종이 커피 한잔 들고
하늘을 우러러
아들을 불러본다.
미칠 듯이 울부짖고 토해내야 겨우 숨통이 트이고 하루를 움직
인다.

잿빛 구름으로 덮여있는 저 하늘 어디에선가 아들도 아부지를
내려다보고 울고 있나….
하늘이 맑은 날에는 맑은 대로 가슴이 아리고
오늘처럼 비 오고 흐린 날엔 흐린 대로 마음이 무거워진다.

너무나 안타깝고 애달프다.

개똥밭에 굴러도 이승이 좋다는데
좀 더 부대끼며 살아볼 것이지
그렇게 훌쩍 가버리면… 아버지 할 말이 없구나.

아들아
한없이 그립고 너무나 보고 싶다.
아부지 가슴 미어지듯 보고 싶음을 견뎌내려니 너무 힘이 든다.

그래~ 아들아
너는 편안해라.
부디 편안해라.
아들아, 순규야~

2022. 11. 29. 오후 12시 25분

춥 다

춥다.
아들아, 무척이나 춥구나~

아부지는 추우면 두꺼운 옷 더 입고
배고프면 밥 먹는데,
아들 너는
달랑 무명옷 한 겹만 걸치고 갔으니
얼마나 춥고 배고프겠구나!
애처롭고 애달프다.

이 아부지는
네가 떠나간 마지막 그 모습이 너무나도 애통하고 허무해서
하루에도 수백 천 번을 불러보고 하늘에 울부짖고 하면
숨통이 막히고 억장이 무너진다.

네가 세상에 없다는 이 현실을 받아들이기에는 너무나 힘들고
서글프구나!

너와 함께했던 짧은 세월의 모든 순간순간 모습이 눈앞에 선하게 그려지는데
부르고 또 불러봐도 모든 것이 부질없고 허무하구나!

네가 떠나간 그날부터
아부지는 아무 생각 없이 모든 것을 놓아 버리고 숨만 겨우 쉬면서 살아간다.

머릿속은 텅 비어만 가고
가슴은 답답하여 숨통은 막히고 아무 생각 없이 살고 있다.
날마다 너를 불러보지만, 할 말은 없다….
너무나도 보고 싶을 뿐이다.

이대로 너를 가슴에 안고 살다가 아부지도 곧 너의 곁으로 갈 것이다.

부디 편안해라, 편안하여라!
순규야, 내 아들아~!

2022. 12. 21. 오후 1시 46분

壬寅年 歲暮[1]에

이렇게 아픈 올 한 해는 저물어 가는데,
새해가 되더라도 가슴에 맺힌 아픔이 치유가 될까마는.

그래도 아픈 가슴 안고,
얼마 남지 않은 숙명적인 내 삶을 업보(業報)로 감내하면서
아들의 영혼이 편안하기만을 바랄 뿐이다.
부디 편안하기를.

2022. 12. 21. 오후 1시 46분

1　歲暮(세모): 한 해의 끝, 연말을 의미.

宇宙 法界는 圓滿하여,
地球는 둥글게 돌아가는데
어디가 시작이고 끝남은 어디인고.

우리 인생 또한 이와 같이
시작도 끝남도
오고 감이 없으라.

癸卯 元旦[1].

2023. 1. 1. 오전 8시 20분

---

1 元旦(원단): 설날, 새해 첫날을 의미.

오늘의 잡념 8

참나(眞我)[1]를 찾는(理) 마음공부는
간절함과 지극함에서 비롯되므로
간절함과 지극함은 모든
고통스러운 괴로움(苦)에서 발현되는 것이다.

인간이 살아가는 전 과정이
욕구에 의한 고통이므로
오온성고(五蘊盛苦)[2] 일체개고(一切皆苦)[3]라 하더라~

그 욕구를 채우려고 집착하는 고통에서
벗어나려고 하는 것이 마음공부요, 기도며 수행이고 신앙이 아
니겠나 싶다.

괴로움(苦)을 벗어나면 즐겁고(樂) 편안한데
즐거움이 계속되면 또 다른 욕구에 의한 괴로움이 생겨나고 고
통스럽다.

---

1 참나(眞我): '참된 나', 즉 본질적이고 변하지 않는 '나'의 실체.
2 오온성고(五蘊盛苦): 오온(五蘊: 색, 수, 상, 행, 식)에 대한 집착에서 비롯된 고통을 의미하며,
   불교에서 말하는 8고(八苦) 중 하나.
3 일체개고(一切皆苦)는 '모든 것은 괴로움'이라는 불교의 근본 진리.

이렇게

苦와 樂이 교차하는 굴레 속에 살아가는 것이 인생이라

그러므로 苦와 樂은 상반되는 다름이 아니고

一切라는 것을 알아야 참나(眞我)를 볼 수 있는 마음공부다.

인간의

생로병사(生老病死)도 苦樂의 교차 굴레에 의한 법칙임을 알면 마음이 편하고

편한 마음에서 대자유를 느낄 수 있다.

2023. 1. 12. 오후 9시 14분

겨울비의 단상

비가 온다. 노년의 가슴이 젖어 든다.

내리는 빗소리는 방향을 놓아 버린

노년의 조용한 흐느낌,

침묵.

함께한 짧은 세월 가슴속 깊이 박혀 있고

숨 막히게 참았던 뜨거운 눈물이 말없이 흘러내릴 때

구름 따라 떠나가 버린 아들아!

2023. 1. 14. 오전 10시 27분

880118~

아들아~!
무척이나 보고 싶다.
오늘은 1월 18일… 네 생일날.
이제는 볼 수 없는 이 현실이
너무나 허탈하고 가슴이 미어지고 숨통이 막힐 뿐이다.

우리 가족
함께했던 그 세월이 아부지는 참 좋았는데
지금은 너는 훌쩍 가버리고,
아부지는
날마다 먼 하늘 바라보며 아스라이 너를 찾는다.
혹시나 흰 구름 꽃으로
너의 모습 그려줄까….

생전의 너의 모습이 아지랑이처럼 아른거리는데,
품으로는 안을 수 없고 가슴으로 안고 아프게 그리워하고 있다.

허망하고 허무하구나!

오늘 너 생일날

엄마가 가득 담은 생일 밥 많이 묵고, 부디 편안하여라.

영원히 영원히 편안해라.

내 아들 순규야~!

880118~ 이였는데~!

2023. 1. 18. 오후 4시 37분

봄이 오는 이 시기에

봄바람이 포근히 스쳐 지나간 자리마다
천지 만물은 싹이 나고 움이 트는데
나는
봄날에 무너지고 있구나
벚꽃 피는 그 시기를 우째 견딜꼬~
억장이 내려앉는대
오늘도 봄바람은 눈물 자국 난 내 얼굴을 스쳐 지나간다.

2023. 3. 10. 오후 1시 2분

무제 8

매화는 벌써 다졌고
개나리, 참꽃이 한창이네!
낼모레쯤이면
벚꽃도 피겠구나!
눈부시게 아름다운 이 계절에
밀물처럼 몰려오는 이 그리움을
견디기가 너무나 힘이 든다.
허탈하여 눈물만 흐른다.
가슴이 미어지고, 숨통이 막힌다.
아~!
내 아들아.

2023. 3. 20. 오후 3시 29분

올해의 4월 1일

오늘은
내 생애 가장 축복스러운 날이었는데
지금은
너무나 아픈 달(月)이 되었구나!

세상 모든 사람이 환희로 맞이하는 계절인데

이 노년에게는
가장 가슴 아픈 계절이 되는구나~!

2023. 4. 1. 오전 10시 14분

일 년의 기도

오늘은 4월 5일
아들이 떠나간 지 일 년이 되는 날.

청천 벼락에 하늘이 무너지고
억장이 내려앉은 그날이 오늘이다.

겨우겨우 눈을 뜨고 몸은 일어났으나
세상은 온통 허무뿐이고
모든 것이 허망하여라.

하늘이 맑은 날은 맑은 대로 가슴이 아리고
흐린 날은 마음이 더욱 무거워진 나날들.

작년 그날 오던 비가 오늘도 내리는데
애달프게 떠나간 아들의 눈물비로구나!

올해도 어김없이 벚꽃은 만개하여 흐트러졌는데
꽃길 따라 떠나간 아들은 돌아오지를 않고.

봄 나비 날갯짓 아지랑이 속으로 아른거리고
잡힐 듯 닿을 듯 멀어져만 간다.

속절없이 휘몰아 불어대는 바람에
춤추듯 흩날리는 저 새하얀
꽃잎, 꽃잎 모두가
한없는 그리움 되어
노년의 가슴속 깊이 겹겹이 쌓이는구나!

아~!
한없이 그립고 보고 싶다.
아들아~
부디부디 편안하여라.
순규야!

2023. 4. 5. 오후 2시 50분

노년의 기도

아픈 4월도
이렇게 지나가는구나!

4월이 끝난다고
가슴 깊은 아픔이 잊히겠냐마는
그래도 내일이면 찬란한 계절이라~

시간은 쉼 없이 지나가고
계절의 법칙은 그대로인데

아픔을 가슴에 안은 노년의 쓸쓸함이 고요함으로 치유될 수 있게
기도하고, 기도하고.
닦고, 닦고… 그렇게 살아가야 할 것을~

아~
부디 너는 편안하여라.

2023. 4. 30. 오후 2시 26분

노년의 기도(祈禱)

-발원문(發願文)

삼보(三寶)에 귀의(歸依) 하옵니다.

사람으로 태어나 한량없는 부처님 법(法)을 만나

제가 부처님 가르침을 받들어 공경하고

수지(受持) 독송(讀誦) 위타인설(爲他人說) 하는 공덕(功德)으로

나와 내 가족들이 세상을 살아가는 이치(理致)를 더욱더 총명(聰明)하게 깨우치고, 모든 질병(疾病)과 삼재팔난(三災八難)을 벗어나며, 나의 여생(餘生)은 맑은 마음으로 살다가 생명(生命)이 다하는 그날 아무런 고통과 어려움 없이 편안하게 사랑하는

가족들과 이별하여 부처님 곁으로 갈 수 있기를 간절(懇切)하게 절하옵니다. 아울러 이 세상 사람 모두가 부처님 가르침 잘 받들어 더 밝은 사회를 꾸미며 살아갈 수 있기를 지극(至極)한 마음으로 발원(發願)합니다.

나무 석가모니불 나무 석가모니불

나무 시아본사(是我本師) 석가모니불.

2023. 5. 14. 오후 8시 6분

- 발원 제자 여시아문 -

노년의 상념(想念)

유월(六月)의 하늘은 맑고 햇볕은 따가운데
바람은 잘 불어오는구나~

남쪽 먼바다 어느 곳에서
태풍이 하나 일어났다더니,
그 소용돌이인가!

노년의 그을린 얼굴을 시원하게 스치고
머리에는 잔잔한 흰 물결이 일렁인다.

텃밭 둑길에 흐트러진 금계국
바람에 시달리고 부대껴도 꺾어 지지도 쓰러지지도 않고
오직 흔들릴 뿐이다.

그늘막 아래 앉아
바람과 함께 마시는
막걸리 한 모금에

노년의 쓸쓸한 상념은

하얀 새털구름 꽃 되어

하늘 너머 멀리멀리 날려 간다.

2023. 6. 13. 오전 11시 32분

노년의 그리움

가을은 그리움의 계절이기도 하다.

추석 명절이 되어오는 이맘때는
한 번 더 보고 싶은 얼굴들이 눈앞에 아련하고
한없는 그리움이 쓸쓸함으로 가슴을 짓누른다.

이제는 좀 가볍게 살려고
한 걸음 뒤 물러섰지만
그리움을 삼키기에는 너무나 숨이 막힌다.

너무나 그립다.
한 번만이라도 더 보고 싶구나!

노년이라는 이름표를 달고
노을 지는 서쪽길을 걸어가면서
저 하늘 구름에서 나를 본다.

유유히 떠 있는 저 구름은 제 머물 곳을 찾지 않고
서서히 흩어져 사라져 버린다.

나도 저 구름이고
인생도 구름인 것을~!

2023. 9. 27. 오전 12시 54분

깊어지는 가을에

오늘은

구름 한 점 없는 맑은 하늘

기온은 어제보다는 좀 낮아

바람이 찹찹하게 불어오는 전형적인 가을의 쾌청한 날씨.

계절의 한가운데로 접어드는데

내 마음은 쓸쓸함으로 채워지는구나!

짙은 커피 향에 그리움 담아 보고 싶은 얼굴

불러보고 싶은 그 이름~

영혼일 망정

편안하기를 바랄 뿐이다.

2023. 10. 17. 오후 2시 25분

무제 9

821122~

오늘~

이제는

집중력도 느슨해지고

기억도 흐릿하다.

셋째 아이 생일날인데~

유구무언(有口無言)

서글퍼지는 노년이구나!

2023. 11. 22. 오후 7시 34분

新年 默想

甲辰年 정월 초하루!

갑(甲)은 으뜸이라는 큰 의미를 뜻하기도 한다.

노년(老年)으로 살아가는 지혜는,
여여(如如)함이 甲[으뜸]되게 살아가면 번뇌에서 멀어진다.

2024. 1. 1. 오후 6시 46분

1월 18일

오늘은 1월 18일
머리가 멍해지고
숨통은 막혀 온다.

880118부터 오늘까지…
몇 해인가~

손으로 헤아려 본들
허망하고 허무하고, 할 말은 다 할 수가 없고.

가슴속에는
눈물만 쏟아지는구나!

2024. 1. 18. 오후 8시 42분
떠나버린 아들의 생일날에

추억으로 가는 노년

찬 바람이 내려오고 있다.

조금 먼 거리의 높은 산은
간밤에 내린 눈으로 덮여 하늘과 닿아 있다.

노년은 아스라이
감회가 새롭게 바라보고 있다.

눈 덮인
저 봉우리며 능선을
얼마나 많이 오르내렸든가.

두 눈에는 망울이 지고
찬 바람은 얼굴을 스쳐 지나고.

이제는 모든 것이
추억으로 가고 있구나~

2024. 1. 22. 오후 10시 15분

사월의 무제

오늘도
올해의 4월 1일이구나!

46년의 세월이 지난 지금
나는
할 수 있는 일이 아무것도 없다.

다만
내 노후 죽음이…
남겨진 가족들에게 짐이 되지 않게
내 마음 닦는 일과 기도(祈禱)뿐이다.

내 가족들이 세상을 살아가는 이치(理致)를 더욱 총명(聰明)하게
깨우치고 모든 질병(疾病)과 삼재팔란(三災八難)을 벗어나며 나의
여생(餘生)은 맑은 마음으로 살다가 생명(生命)이 다하는 그날 아
무런 고통과 어려움 없이 사랑하는 가족들과 이별하여.

이렇게 보통 사람들같이,

아무 탈 없이 편안한 마음으로 살아갈 수 있기를 간절(懇切)하게

기도(祈禱) 한다.

2024. 4. 1. 오후 12시
두 딸아이 생일날에

4월은 말이 없구나~!

눈부시게 흩날리던 새하얀 꽃잎 사이로
따스한 봄 햇살이 내려 비취던 4월 어느 날

너는 안타까움을 안은 체 우리 곁을 떠나갔다.

하늘도 애달파 봄 햇살 사이로 눈물비 뿌려주던 그날이 오늘이다.

벌써 봄은 두 번 와서 꽃을 피우는데,
한번 간 너는 말이 없구나!

억장이 무너지고 말문이 막혀버린 아부지는
무슨 할 말이 없다!

오직 너의 영혼이
편안하기만을
기도할 뿐이다.

한없이 그립고 보고 싶을 때는
숨통이 막히고 머리가 아찔하여 정신이 혼미해진다.

너무나 보고 싶다, 아들아!
부디부디 편안하여라,
순규야~!

2024. 4. 5. 오후 2시 21분

4월에 소쩍새도 우는구나!

온 천지
초록빛 푸르른 4월 마지막 날
벌써 아카시아꽃도 피는구나!

세상 사람 모두가
환희하던 계절인데
오직 나만 가슴 아팠나!

새하얀 벚꽃
눈부시게 만개했을 때….
그리움으로 아팠고,
그 꽃잎 봄비 바람에 떨어져 흩날릴 때
안타까움에 눈물 흘렸다.

집 앞
짙푸른 숲속
초저녁 소쩍새 울음소리에
이 가슴 도려내듯 쓰라리구나!

부디 편안하여라.

한없이 보고 싶고 그리운

내 아들아~!

2024. 4. 30. 오후 12시 23분

노년의 어느 하루

두 노년은 또 만났다.

이번엔 백날이 훌쩍 지나간
오랜만에~

만나서 무슨 할 이야기도 없이
두 손 꼭 잡고

서로를 바라보는 흰머리는
더 늘어나고
지긋한 눈웃음에는 쓸쓸함이 스친다.

그래!
우리 이렇게라도 자주 봐야제~

부딪치며 마시는 한 모금
이 순간은

쓸쓸함은 편안함으로
눈웃음은 너털웃음이 된다.

2024. 10. 4. 오후 4시 15분

무상(無常)

가을이 한창 무르익어가는 오늘
내 주변 지인이 또 한 사람 갔구나!

나보다는 네 살 아래이지만
한동네 옆 옆집.
코 흘리면서 같이 컸는데.

시절은 순리대로 돌고 도는데
이 나이쯤 인생살이에는 순서가 없구나!

나를 앞질러 간 손아래 지인들이 몇몇인고,
나 또한 누구를 앞질러 갈런지 모를
불확실한 인생살이~

이것이 한평생살이구나!

날마다 깨어 있고
하루하루 맑은 마음으로 살다 훨훨 가야지~

2024. 10. 25. 오후 11시